사무치는 그리움을

사무치는 그리움을

정광지 제4시집

문학시티

시인의 말

'가까이에 있어도 다가갈 수 없고 다가갈 수 없어도 가깝다 느끼는 그 자리에 그리움은 존재하는 것'이란 글을 읽은 적이 있습니다.

희수를 넘어서는 세월을 살다보니 이쯤 많은 그리움들이 차곡차곡 쌓여와 울림으로 마음에 다가오기에 이 느낌들을 모아 네 번째 시집을 내고자 합니다.

많은 날들의 삶 굽이마다 쌓인 기억들이 이제는 모두 소중한 추억으로 남습니다. 가슴에 온갖 형태의 그리움으로 때로는 곱게 혹은 거칠게 낙인 되어 새삼스럽게 설렘을 줍니다.

힘들어서 잊고 싶거나 즐겁고 행복해서 간직하고픈 기억들이 너무도 소중하게 삶의 궤적軌跡 위에 살아남아 있습니다. 흐름의 굽이마다 다시 되돌아가고픈 그리움으로 사무치는 일상이 되어버렸습니다.

항상 오관으로 받아들여진 모든 것 - 기쁨과 슬픔, 증오와 사랑, 분노와 희열, 만남과 이별…. 이 모든 것이 흐르는 시간의 여울에 실려 지나가며 짙은 향 뿜어내니 그리움 아닌 것이 하나도 없습니다.

이제부터는 아름다운 기억들을 추억으로 보듬어 안아 그리움이 충만해질 여생을 덖으며 열심히 살아가리라 마음으로 다짐합니다.

청주 구룡산 아래서

一滴 정 광 지

차례

제2부 봉산리의 추억

제3부 놓아버린 세월

제4부 그리워지면

제5부 여울 소리

제1부 연리지

얼마나
깊은 사랑이었기에
한껏 서로를 차지하고서
한 몸 엮임의 힘듦 마다하지 않는가.

꽃지항港의 일몰

대한 추위에 해풍조차 얼어
일몰로 움츠린 바다엔
잔광殘光의 무수한 편린들이
억수로 깨져 흩뿌려지고
현란하게 산발散髮한 빛발은
비산飛散하는 황홀함이다

그곳, 견디다 지친
할미, 할아비 바위는
아예 눈부시다 시선 거둔 채
좌선坐禪으로 고요에 들어 있다.

곡우穀雨

울긋불긋 지천으로
꽃 천지 이룬 봄 왔는가 싶더니
오늘
이 봄 북돋우며
절기節氣 맞추어 참으로 곱게도
내리는 비

이른 봄 가뭄에
힘들게 피어난 꽃들 고운 줄 몰라 하며
애만 태우던 농심農心이
금년 농사 풍년 조짐이라
반기며 한시름 놓고

숲은
마른 가지마다 새순 돋워
잠자던 잎눈 깨우곤
큰 기지개 한 번에 힘찬 생기 불어넣어
눈부신 푸르름에
회생回生의 환희 용솟음치게 한다.

소沼[*] 1

저만큼의 고요를 얻기 위해
얼마나 많은 세월 힘들이며
계곡을 굽이쳐 흘러내린
물줄기를 담아냈는가

저만큼의 맑음을 품기 위해
얼마나 많은 사연들로
계곡을 가슴앓이하며
쏟아지는 물줄기를 받아냈는가

명경지수明鏡止水[*] 닮고자, 지금은
파이고 깎이고 떠밀린 아픔은 잊고
오직 고요 하나만 그윽하게 품은 채
무심을 이르며 연緣을 잇는 대하大河의 뿌리여!

*소沼 : 땅바닥이 두려빠지고 물이 깊게 괸 곳
*명경지수明鏡止水 : 맑은 거울과 고요한 물.
맑고 조용한 심경.

빨간 미소

아파트 단지 빽빽한 빌딩 숲
길 따라 구획 지어 늘어선
페인트칠 하얀 철책 마디마디
떼 지어 기어올라
틈새마다 내민 미소
뭉클뭉클 솟구어 올려
햇살 따갑게 청명한 하늘 이고서
도시를 홀리고 있다.

회색의 거리 굽이굽이
하야니 도색한 철책 울 따라
황홀한 어울림 피워 올리며
빨가니 눈부신 거리 꾸미고 있는
넝쿨장미들의 어우러짐

오늘은
동화 속 그림처럼
고운세상 되었다.

아쉬운 인연

산 그리매 겹겹이 일렁이며
밀물처럼 밀려드는 산머리에
홀로 서 있노라면

그리웠던 사람 산안개에 묻어 와
가슴에 담았던 속삭임 되새기며
지난날 미완의 사랑 아프게 다그친다

아련한 산봉우리 수만큼이나 매달려 있는
그리움 떨치지 못해
영혼 지지며 아린 상처로 멍드는 가슴

마른 입술 터져라 인정 없이 스쳐가는
무정한 한 줄기 안개바람의 무심함으로
그렇게 가버린 아쉬운 인연

호반에서

해 저문 호숫가
잔디밭에 기대어
모닥불 티 튀기며
별 헤는 소릴 듣는다

고요가 졸고 있는
물안개 낀 호수의 귀엣말은
일상을 밀어낸 빈 가슴에
포만감 나른하게 둥지 틀고

가끔씩 눈에 뜨이지 않는 밤새의
짝 부르는 절절한 울음 처연한데

솟아오른 숲 나무들 사이
옹달샘만큼 열린 하늘엔
쏟아지는 별빛 시샘하는 조각달이
무심한 시간을 싣고 멈춘 듯 흐른다

소슬바람 닮음인가
이 밤 여유로운 공상을
흐르는 달빛에 던져두고
무변無邊한 창공을 날고 싶다

단풍 별곡

푸르던 시절의 당당함
놓아버린 색색의 황홀함 뒤로
이별을 알리는 지혜
어떻게 터득했을까

이 이른 아침 고운 햇살 헤살 놓아
눈부심으로 눈 돌리려 애쓰며
정 떼려 애처로이 낯 붉힌 단풍이더니
한 잎 또 한 잎 수줍은 낙엽 되어 날아내리나

이렇게 선홍빛 시월은
낙엽의 이름으로 이별을 매듭지으며
소생의 기쁨을 심어주던 계절도
젊음과 사랑의 열정에 설렘 주던 계절도
결실의 풍요 나눌 계절까지
살뜰히 챙겨준 후 돌아서려 하고 있다

한 해의 거둠이 고마움이길
은혜로 이어질 새로운 기대이길
상생과 화합 약속 지킴의 시작이길
곱게 지는 단풍잎에 마음 담아 빌어본다.

산새 울음 스산한 숲길

철 재촉하는
낙엽 스산하게 날리는 오솔길
산새들 저녁 마중 떼울음 일고
석양에 몰리는 바람이 차다

옷소매 안 파고드는
습기 머금은 낙조 때문일까
숲길에 날려 떠밀리는 낙엽들
유난히 가슴 시려 오고
산새 울음
사이사이 다가오는 정적
그 깊이만큼
마음의 눌림도
두터워지는가 보다

바람에 섞여
낙엽 떠밀려 굴러가는 소리 따라
어둠 잠겨 오는 사위四圍를
산새 울음 다급한
늦가을 저녁 오솔길의
스산한 소란

구름바다에 안긴 산정山頂

겨울나기 힘겨워
알몸에 곱게 눈꽃 피워 입은
눈부신 나무 숲 저리로

헤일 수 없이 많은 산봉우리 품어 안고
사방팔방 끊임없이
몽환의 속삭임 펴 나르는
풍만한 운해雲海의 일렁임

그 위로
이른 해동解凍의 햇살
눈부시다

저
아름다움 다한 채움은
엄동을 벗어나 마주해 오른
산정에서나 얻는 벅찬 행운이다.

순천만 낙조

바람만 인 듯해도
서석이는 갈대 뻘
비벼대며 지나는 이 소리

햇살은 홍조紅潮 되어 수평선 저리로부터
수줍음으로 타올라
짙은 우수로 스멀스멀 다가온다

바다 밖 저만큼 밀고 나간 용두봉
이어진 산등성이 울안 얕은 해면에는
칠면초 맷방석 펴놓은 듯 몽글한 어울림 이채롭고
갈대 늪가 귀향 늦은 철새들 옹기종기
가지런한 깃 비빔의 긴 밤 나기 준비가 애처로워라

수평선 너머 붉은 해
등에 업고
숨 가쁘게 돌아오는
통통배 하나

가슴 파고든다.

향일암

남해
한려수도
눈에 밟혀

다시 찾은 암자 향한
절험絶險한 오름
숨 가쁘다

오묘한 벼랑 끝자리
자비 품은 부처님 시선
내리 머문 그곳

해무海霧 잠긴 드넓은 바다 위로
머리만 솟아 보이는 섬, 섬들이
오순도순 죽순처럼 몽롱하다.

벚꽃

보얗게 피어나
하늘 가린 꽃구름 아래로
날려 떨어진 꽃잎들 벌써
바람에 밀려 발아래 수북하다

한 줌 움켜 올려
뭉실대는 구름 향해
힘껏 불어 올린다

바람 타고 날며 춤추는
무수한 꽃잎들
가슴 벅찬 설렘 담아와
쭉 뻗은 가로수 길엔
봄이 가뿐 춤을 추고 있다

단풍은

형형색색 절절히
켜로 쌓아 올리는 추억인 것을

누누이 겹칠
아름다운 회상의 시작인 것을

알찬 결실,
아쉬운 마침 모두
아우르며 스러지는
아름다운 또 한 매듭 거둠인 것을

흡족한 충만
허전한 스러짐 같이 품어
희비의 설레임
결실로 안겨주는 채움의 징표인 것을.

석양의 뱃고동 소리는

수평선 너머 지는 해를
고단한 등으로 가리며
닻 내린 포구에 귀항의 마침표 하나 찍는
소금기 밴 뱃사람의 삶 이야길 듣고 싶다

힘겹게 버틴 하루하루가
어려운 삶의 매듭짓기에 목을 매고
미진한 것들의 무게에 짓눌려
결말이 후련함 없는 늘 그렇고 그런 일상만 이었을까

솟는 그리움 가득 담아
빈 가슴 먹먹하게 채워 들으며, 오늘만은
일상 중 후련했던 하루로 매듭짓고파
애쓴 삶이었단 다독임의 울림으로 다가온다.

연리지連理枝

뿌리 따로 태어나
마주 보며 자랐는데도
하, 그리 아쉬워
부둥켜안아 하나 되었나

얼마나
깊은 사랑이었기에
한껏 서로를 차지하고서
한 몸 엮임의 힘듦 마다하지 않는가.

(명암 약수터 올레길에서)

산 2

산 좋아서
산 찾아
힘겹게 올라 묻는 삶에
변함없는
묵묵부답

만고의 부동으로
무심하지만
깊은 깨우침
무언의 답
끝없이 주는 산.

무궁화

아침 이슬 꿰어 피운 다섯 잎 화사한 입술
일출 품어 얌전히도 피었다
정숙한 열정 품은 꽃 중의 꽃 나라꽃
방방곡곡 곱게 피어 영광으로 빛났으면

이른 봄 피었다 통째로 지는 동백꽃도 아름답고
잎보다 먼저 눈부시게 피었다 지는 벚꽃도 곱고
봄 산과 들 불지르는 진달래 철쭉도 황홀하지만
꾸밈도 멋도 내지 않고 조신하게 피는 나라꽃
더욱 좋아라

우리 뜰, 우리 마을, 우리 동산에서 피어나
우리와 함께해 온 귀한 겨레의 얼굴
역사의 무심함에 내침 받아 설움이었던 날들
아직도 모자란 관심으로 사랑받지 못하는 아픔

자라나는 우리의 소중한 아이들이
나라꽃의 기구했던 아픔의 역사를 배우고
나라꽃 사랑이 나라 지키는 일이란 걸
어른들이 먼저 깨우치고 가르쳐야 한다

반만년의 역사를 이어온 이 나라 금수강산에
소중한 아기부터 귀염둥이 유아는 물론
믿음직한 소년부터 나라 짊어질 젊은이들에게도
함께 심고 가꾸자 가르치자 나라꽃의 소중함을!

외진 포구에서

비 머금은 바다 너머 빈 하늘을
하염없이 바라보았지
그곳에 머문 한 줌 여광餘光이
망연한 마음 향해 날아와
까닭 모를 우수를 가슴에 꽂아 넣는 이 순간에

소금기 이는 바람 맞으며
외로운 이곳에 서서
무얼 그리워하며 아파야 하는 건지
미처 깨닫지 못한 우매함
감출 생각도 없이

황량한 외진 포구
석양 마주한 채
막무가내로 밀려오는 그리움
주체할 수 없어 애태우며
저무는 시간에 덧없이 실려 보내고 있었지.

물단풍 있는 작은 못 이야기

요정의 손거울인가
유리알보다 투명한 작은 못
수면 위로
제 그림자를 딛고 선 물단풍 하나.

내려와 잠긴 구름 사이
노닐고 있는
눈부신 어린 금붕어 떼

아롱아롱 동화 한 편
도란도란 금방 들려오고

우주 한가득 행복이
솟아올라 넘쳐난다.

제2부 봉산리의 추억

긴 옹기 가마 석양 안고 뿜어내는
맑은 연기 반가워
선홍빛 열기에 익는 옹기 떠올리며
정겹게 마중 받던 옛날이 그립다

시詩야 오르거라

시야 오르거라 힘껏 오르거라
돌아와 종족의 대를 이으려는 연어처럼
그래 그렇게라도 세월 역류해 솟아오르거라

모두 목적 잃고 허우적거리는 세상
너만이라도 희망을 버리지 말고,
이 어지러운 세상 거스르며 날아오르거라

암담한 세월의 흐름 거스르는
거침없는 힘찬 몸부림에 번쩍이는 은린인 양
시詩야 너만이라도 올곧게 역류해 오르거라

거짓 허황됨 훌러덩 다 벗어버리고
불끈불끈 역린逆鱗*하던 풍운아처럼
막힘없이 바른 세상 향해 솟구쳐 오르거라

*역린逆鱗 : 왕의 자리를 찬탈簒奪하는 일

우리들의 민낯, 어찌하오

정성 다해
하양 노랑 물감 고이 개어 그려낸 듯
시청 앞 자투리 터에 꾸며진 동산
정원 가득 앙증스런 색색의 꽃들 싱그러웠는데

물오른 나뭇가지들 사이를 어지러이 건너 맨
새끼줄에 줄줄이 늘어져 나부끼는
주문처럼 어지러운 형형색색의 리본, 리본들은
옛적 성황당에서나 볼 수 있었음 직한
음표 감춘 후줄근한 말, 말잔치
말마다 반대요 비방이요 원성뿐이다

어쩌면 일 년 삼백육십오 일 내내
일상이 되어버린 시위 텐트 안 일그러진 민심들
이래라
저래라
무엇에 떠밀려서인지도 모른 채
민초의 소리 담았다고 벌여놓은 플래카드 누더기들
누가 갑이고 누가 을일까
도무지 종잡을 수 없는 힘겨운 외침

어릴 적 무서워 멀리 피해 돌아가게 한
으스스하니 헛본 성황당 허깨비 그림자처럼
소원과 원망이 뒤얽혔던 굿판 터처럼
낯설다
이 자리 찌든 우리의 이 민낯들은…

난리법석 벌여야 해결된다는 생각으로
갑이다 을이다 소리만 높이지 말고
국민이란
'위함'의 대상인지 '부림'의 수단인지
구분쯤은 할 수도 있어야 하는 것 아닌가

마음에 안 들면
옳고 그름 판단은 내 몫이 아니다
우선 소리부터 높여 실랑이질 하다가
나중엔
무엇을 원해 외쳤는지 원인도 뒷전으로 밀어둔 채
수면에 매달려 입 벌려 호흡한다 뻐끔거리는
숨이 고픈 물고기를 닮아
가슴 텅 빈 절규絶叫로 난장亂場만 만들고 있다

이렇게 공허한 시간, 아까운 열정 낭비하며
결국은 서로 물어뜯고 밀어붙이고 악만 쓰면서
공멸共滅하고 말 삶을 이어가는 막무가내가 두렵다

그만!
이제는 그만하고
우리 모두
제발 정성 다해 베풀며 살 궁리 좀 해봐요
툴툴대지 말고 손잡고 조금만 더 상의하며 살아봐요

정원수 사이 건너 맨 새끼줄에
저주 어린 욕설 리본 너덜너덜 내건
시청 앞 자투리땅 왕금잔화 동산엔
시위 텐트 대신 햇살 가득 넘치는 봉사 텐트로 바꾸고

오늘일랑 정성 들여 일군
우리들 열린 마음 담은 민낯을 자랑스레 보여 보오
삶이 온통 웃음이 되게끔

별 이야기

아득한 어둠
헤치고 나와
밤하늘 가득 수놓는
영롱한 깨알 미소들 만나다

팔 벌린 만큼의 너비만으로도
헤아릴 수 없이 많아
많은 사연들을 다 읽어줄 수 없어
차라리 내 마음을 먼저 전하려네

큰 별에겐 눈으로
작은 별에겐 가슴으로
전한 마음 그리움 되고
그리움은 만남의 설렘 되어
밤하늘 채울 정겨운 속삭임 되었네.

목마른 산행

사십 년 만의 가을 가뭄이란다
메마른 숲속 산행 길마저
목말라 거북등처럼 갈라져서
야생화의 생기까지 말리고 있다

젖어 있어야 할 오솔길은 풀풀 흙먼지 날리고
갈증에 지친 나뭇잎들은 비틀리고 있다
재앙이다
이런 일이 왜 생기는 것일까
늘 행복을 주던 산행 길이 메말라 하며
도리어 갈증 해소의 구원을 청하고 있다

숱한 고난
뼈저린 세월의 역경
어기차게 헤쳐 희망 일궜던
어버이들의 각고刻苦 어느새 잊은
우리 세대의 미망 속 헛다툼들
용서 못한 하늘의 일깨움일까

우리가
이 나라가 한결같이
힘 모아 가야 할 길 뻔히 내다보면서도
물고 뜯고 발목 잡아 한 발도 나아가지 못하는
잘난 이들의 사리사욕 위한 이전투구泥田鬪狗

숲 사이로 보이는 푸른 하늘
무심히 흐르는 솜구름은 보고 있겠지
잘난 이들만 있고
못난 이들 하나 없어
너덜너덜 갈라져 나아갈 길 암담함

해갈의 비 산하에 넉넉히 내려
이 가을을 색색 물 선명히 머금은
아름다운 단풍 자랑에 풍년가 흥겨울
청명하고 촉촉한 결실의 풍요 맞았으면 좋겠다

- 가뭄에 마른 청풍호 자드락길에서

아침 햇살

어둠의 시간
헤집고
솟아오르며
나풀대는 잎 끝에 닿아
부서져 빛발 세운 황홀한 비산飛散

경건한 하루를
온 힘으로 시작하는 순간은
별난 눈부심이다

새로운 날 맞는 느낌 더해
소중하고
반가워지는 건
오랜 가뭄 끝 단비가
참 곱게도 내려준 후
맞는
옷깃 여밀 감사함에서이다.

풍요로 감사할 이 가을에

한 해의 사연이 의미를 담아
추억의 보람으로 켜를 이루어 가는 것임을
부딪치며 살 비볐던 삶의 이력들이
회상의 의미로 이야기 되어 쌓이는 것임을
이 모든 것 한데 모은
아름다운 맺음이 밝은 내일의 시작인 것임을

풍요를 감사하며 거둠의 기쁨을 안아
수용과 나눔으로 살찌고
감사와 배려를 깨우쳐
마음 넓히는 계절인 것임을

아는 이는 아는데
꼭 알아야 할 모르는 이들이
너무 많아져
아집과 미움으로 마음 다치며
욕심 채우고 밀어내기 바빠
울화로 쌓아 올리는 암담함으로
걱정 많은 나라를 만들어 가고 있다

을미년의 입동

올해는 큰바람 없길래
풍년인가 했더니만
난데없는 반세기 만의 대가뭄
물 부족에 늘어진 산천
애태우는 입동이 미워지네.

단풍 붉어진 잎 끝으로
갈증이 풀풀 일고
한동안 잊고 있던 4대강 뚫어
물 부족 메울 수로 낸다 야단나고

갈라진 강바닥 같은 민심
어루만질 생각 모자란 이들
고집 피워 편 가르기 여념 없어
민생 다독임은 언제나 할 수 있을까

큰이들 힘이 넘쳐 나랏일 그르치고
작은이는 여력 없이 입방아질만
아귀 안 맞아 꼬인 나라 살림
뉘 있어 바로 꾸려 주려나

참고 기다림의 끝이 길지 말아야 할 거야
믿고 기다림의 보람이 반드시 있어야 할 거야
민심의 울분 다독임을 서둘러야 할 거야

올해의 유난스런
입동 가뭄

그래 눈이라도 펑펑 내려라

고깝도록 아끼던 비로
온 나라를 갈증에 떨게 하던 하늘
슬며시 시작한 강설이더니만 이내
폭설이 되어 정신 차리라 하나.

갈등의 심화로 멍든 이 나라
그래
눈이라도 펑펑 내려라.
그래야 민초의 가슴 불
그나마 식혀줄 수 있지 않겠는가.

켜켜이 내려
푸근하게 덮인 세상
눈에만이라도 깨끗해졌느니

덮어 주고
다독여 주고
감싸 안아

세상살이
살 만하다
툭툭 털고 기지개 펴며
모두 일어서 웃는
세상 만들라는 가르침

미망 속 혼미로
아직도 눈뜨지 못한 이들
푸근히 쌓인 강설의 일깨움 따라
제발 좀 마음 한 번 가다듬어 보시라고….

노을

연일 폭염에 지친 하루가
어둠으로 기우는 이쯤의 시간을 외면하려는
매몰찬 정서가 스스로 부끄러운
주황빛 낯붉힘

덧없이 허송하는 시간을 향한
구실 없는 노여움 때문일까
하릴없이 사그라지는 삭정이 불같은 허무한
일상의 풀림인 양
검은 구름 장막 사이, 주황빛 물들어 펼쳐진
낙조의 띠는
여분의 시간을 배려 없이 삼키며
다가오는 숨 막히는 목조임

살아 낸 하루의 후줄근함이라 할까
누추하나마 여력 다해 퍼질러버린 삶
한 매듭의 귀결이라 할까
매일매일이
갈등과 불협화음으로 끝도 없이 처박히고
고꾸라지고 있는
우리들의 한심한 일상의 낯부끄러운 자화상이
지는 하루 저편에서
어둠 직전의 우리를 흘기고 있다

이제는 그만

신문 펼치기가 싫고
텔레비전 켜기가 두려워졌다
어지러운 세상에 현기증이 나니까
이마의 주름이 골 깊어진다

애국자는 넘쳐나고
서로 잘못이라 흠집 내기 바쁜데
정작 나라꼴은 풀리는 게 없는 모양이다.
원로가 누구인지
초짜가 누구인지
입만 벌리면 모두 전문가이고
그들 모두마다 옳다고 큰소리다

사랑한다는 나라는 어디로 가든
주인으로 받든다는 민초들은
어디에 처박히든
이들의 관심사에
나라는 애초부터 마음에 있기는 했었나.

수도 없는 외우내환外憂內患 자초한
슬픈 역사 많았건만
지나면 잊어버리는 고질이 된 민족성으로
정신줄 놓아 노환 든 나라 모양새다

목마르게 기다리고 있다
-애국 애족하는 어진 이
-살신성인에 열정 쏟는 이
-민초를 받드는 참 위정자를

이제는
애국, 망국 행위를 선별해 인도해 줄
진정한 선각자가 어서 나와 주기만 기원한다.

말전주 없는 세상을

불쑥 생각 없이
찌른 상처 너무 깊은데
겉으론 감추어져
미미한 흔적만 남긴
당사자는 잊어버린 내뱉은 한마디 말

험한 말엔 입 안에 가시가 돋고
고운 말엔 꽃내음 인다 했다지
아무리 옳은 말일지라도
입 밖에 나오면 가시가 될 수 있음이니
어린아이의 마음 되어
꽃내음 같은 정겨운 말만 하고 살리라

서로 감싸고 이해하여
사랑으로 보듬는 세상
험담 갈등 없이 정 넘치는
우리가 될 수만 있다면….

일몰, 기다림의 끝이 아니길

정신줄 놓아 노환 든 행색으로
행복 넘쳐도 모자랄 나라 안 어디에도
정신 차린 이 눈에 잘 띄지 않는 이 절망 속엔
영락없는 일몰 직전의 절박함이
울음으로 비극의 시간을 건너고 있다

참으로 딱한 애국자가 너무 많아
헛발질로 제자리 잃고 허우적거리는
정신 나간 이들로 도배를 한 바람벽 앞에
저만 옳다 욕심내다 끝 모를 나락으로
서로를 재촉하며 신명나게 추락해 가고 있다.

애국한다는 이 너무 많아 되레 퀴퀴해진 시국
눈 씻고 봐도 나라 걱정하는 이 뜨이지 않고
몫 챙기기 바쁜 이들의 아우성에 하루가 버겁다
이 두려운 일몰이 기다림의 끝이 아닌, 제발이지
새 열림 위한 아픈 몸부림의 한 매듭이길….

울림

기적의 운세로 자라 온 세월 다 어찌하고
깊은 나락으로 곤두박질하며 상처 난 시간
엄청난 이 아픔을 어떻게 치유할 수 있을까
가슴이 무너져 내린다.
혼돈의 피멍으로 물들어 얼룩지는 이 땅

희망에 팔 벌려 맞았던 아침이 있었으니
드넓은 새 세상을 향한 힘찬 나래짓 했었어야지
모두들 주먹 불끈 온 힘 쏟았건만
이 석양 저물녘에 드리워진 우울은 무엇인고
가슴 쥐어짜도 암담함으로 자꾸만 슬퍼지는 시간

이대로 해지고 날 저물면 모두 끝날 텐가
피땀으로 이룩해 온 이 누리의 모든 것
물고 뜯고 찢고 갈라지는 꼴은 보이면서
민초들의 한 어린 원성은 진정 들리지 않나
저토록 핏발 세운 함성으로 정신 차리라 다가오는

낙조에 담긴 울림.

봉산리峰山里의 추억

석양 무렵 하굣길 등에 맨 책보자기에서
발걸음 따라 달그락대는
필통 소리 들으며 저만치 가로지른 철길 너머
농수로 따라 집 향할 때
초가집 모여 앉은 마을 한복판에 기어오르듯
봉긋한 산등성에 기대
누운 지네 닮은 긴 옹기 가마가 석양 안고 뿜어내는
맑은 연기 반가워
선홍빛 열기에 익는 옹기 떠올리며 정겹게
마중 받던 옛날이 그립다.

반백년 훨씬 지난 오늘 불현듯 그리워 찾아가 본
고향 마을 언저리는
파헤쳐진 흙 벌판으로 변해 그립게 아물대는
어린 날 눈에 선한 그
산등성 지네 닮은 옹기 가마 옹기마을은 사라져가는
폐허로 뭉개지며
간신히 자리만 남아 변화의 고통에 신음하면서
살아남자 애태우는데
복합단지 개발 무정한 발길에 역사가 지켜온 전통
보호할 대책 없을까.

제3부 놓아버린 세월

자기연민을 큰 위로로 알고
아픈 육신에 기대어 응석부린 나날
영혼이 오그라드는 걸
지각조차 할 수 없던
그렇게 흐른 세월

희수喜壽의 자화상

황혼의 나이에 시작한 그림 공부로
삶의 역정歷程 밴 희로애락을
화폭에 담아 곱게 살려내 보고 싶었지

영욕으로 점철한 지난 일들 내보이리라
영혼의 심연 깊숙이 꿈으로 품고서도
아직도 이루지 못한 아픔에, 애오라지
지금도 늦지 않단 자위에 매달린 구도求道였는데
강산이 두 번 바뀌도록 흐른 세월을 어쩌라고
땀내 나는 화실엔 그럴싸한 걸작 한 장 없이
켜켜이 연륜만 덧씌운 초라한 이력의 껍질들 뿐
마음은 회한에 싸인 빈손뿐인가 싶다.

긴 세월의 노력에도
나름의 경지를 이루지 못해
자신을 마음껏 내보일 수 없는 솜씨로
가까스로 그려낸 어설픈 자화상 한 장
너절하게 늘어놓은 화폭 사이에 끼워 넣고
낯설게 들여다보고 서 있는 나를 본다.

한 해의 끝자락에 기대어

한 해의 끝 날이 어김없이 다가왔습니다.
한 해를 돌아보며 새해를 기대했던 날의 소망
마음을 다스릴 여유도 채 얻지 못했다 싶은데
또다시 한 해의 끝자락에 서 있는 자신을 봅니다

삶의 격랑에 실려 힘겨운 시달림 겪어 내며
기쁜 일 슬픈 일, 마음 할퀸 일 모두 시간 속에 묻고
새로운 희망 간절히 품어 키우리라 하면서
새해에 걸어 평안과 번영을 마음 모아 기원해 봅니다

시간이 사라져 가는 것은
새로운 시간을 맞이하려는 순환의 의식
애착과 미련을 비우고 찾아와 줄 날의 환희를 위해
새해 맞으려 저무는 시간을
마음에 고이 담아 보내렵니다

서로의 삶에 기쁨이고 보람으로 기억되는 인연 되어
용서와 화해 가득 맞잡은 손 놓지 않는 삶이고 싶습니다
따뜻한 마음 모아 온전한 세상의 빛이 되어
순정한 사랑으로 모두의 삶에 희망이 되길 간구합니다

미명을 걷어내고 빛나는 길 인도해 주길 간구합니다
감사한 마음 잊지 않는 겸손 다한
삶이 되길 기원합니다.

병상 소묘

병상의 도열 따라
나란히 아픈 이들이 싸우고 있다
가짓수가 많기도 한
병 이름
모두가 힘겨운 자기와의 싸움이다

모두가
삶의 끈에 매달려 고통에 겨워
앓는 소리 토하면서도
회복을 갈망하는
보이지 않는 구원의 기도를 놓지 못한다

참 희한한 건
신심信心 가득
정성 깃든 병상들의 경건함.

놓아버린 세월

무엇 때문인가가 중요한 게 아니었어
정신 놓고 흘려버린 시간들
핑계가 가장 큰 과오였어
자기연민을 큰 위로로 알고
아픈 육신에 기대어 응석부린 나날
영혼이 오그라드는 걸
지각조차 할 수 없던
그렇게 흐른 세월

공황에 밀려
빠진 일상 속에 허우적거리다가
무기력이 육신을 깨버리고
사유가 묶여버린 동토凍土에 갇혀
자아를 잃어가는 일체는 죽음의 정체였지
기한 없는 망실의 연속을
어떤 것으로도 멈출 수가 없어 차라리
스스로 돌진해 일으킨 충돌로
마무리 짓는 환청 속 혼란으로
낭비를 막지 못해
놓아버린 세월.

내가 무엇이라고

참 평범하고
조금은 모자란 얼굴 하며
그저 그런 모습 해 가지고
무서움 모르는 자만으로 살아온 세월

분에 넘치는 부추김에
천지분별 못해 튀어 오르고
돌아서면 무시당할 헛격려에 고무되어
속 모르고 철없이 나대던 어리석음

그 속에서 크면서
대우받고 분수대로 살고 있다 여기며
흐르는 세월 이끈단 오만한 생각에
꽤는 시건방 떨며 살아낸 무모한 삶이었어

생애의 길고 넓은 강을 건넌 지금
이쯤 돌아서서 피안을 바라보니
그래도 세월은 아주 남은 아니었나 보다
숱한 시련 속 질곡의 굽이마다 길 안내해 주었으니

오류를 덮어주고 오만을 달래며
예까지 이르러서도 등 쓰다듬어 주는
어머니 사랑 닮은 세월의 너그러움에 감사한다
내가 무엇이라고….

남은 게 없어

참 열심히 산다고 했는데
돌아보니 남길 흔적 없는 삶을 살았나 보다
한 세월 이만큼 지나 돌아다보니
잡히는 것 없는
아쉬운 빈손

뒤돌아볼 시간 아껴
앞만 보고 내달린 외길
되짚어 돌이킬 길 없음에
아쉬움에 미어지는 새가슴 되어
회한의 저물녘 앞에 섰음이여

부질없이 풀잎 뜯어
갈바람에 흩뿌려 날리며
새삼 세월의 늦은 가르침 서러워
언덕 위 석양만 바라보고 서 있네

생각해 보니
남은 게 없어….

함께 울 수 있는 건

네가
격랑을 거슬러 튀어 오르는 연어처럼 활기찰 때
그 모습에 감동해 눈물을 흘릴 수 있었던 건
함께 성취한 기쁨 공유할 수 있어서였다

벼랑길 걸으며
곡예 하듯 아슬아슬 어려움의 순간들을 지날 때
함께 마음 졸이며 애태웠던 건
서로는 하나로 엮인 분신이었기 때문이었다

좌절에 함께 울고
서로가 믿음임을 확인하고 격려하며
맞잡은 손안에 쥐어진 알찬 성취는
환희에 벅차 얼굴 감싸 안은 울음이었다

시도 때도 없는 이 솟구침
기뻐도 슬퍼도 잃어도 얻어도 다가오는 울컥함은
서로는 연민이고 사랑이기 때문에서였다
함께 울 수 있는 건.

웃고 있네, 할멈이

곱다 하며 반백 옆머리에
꽂아 준 개망초꽃 한 송이 좋아라 하며
무욕에 잠긴 해맑은 눈웃음 안엔
무엇이 보일까

꽃 한 줌 꺾어 쥐어준 굽은 손 만지며
욕망일랑 모두 잊은 여심
텅 빈 웃음 안쓰러워
하늘 올려보다 고개 돌려 눈시울 적시네

사랑 약속하고, 삶 다독이며
자식 걱정 쌓아왔던 언덕 산책길
천년 앉을 바위 그 자리에, 오늘
황혼의 한 쌍 처연히 앉아 있네.

할멈은 피안彼岸으로 세월 모두 버렸는데
영감은 무념수행無念修行에 든 할멈이 안타까워
그저 가물대는 가슴 쓸어내리며
텅 빈 마음 헛웃음 뒤에 숨긴 울음 우네

개망초꽃 흐드러진 하얀 언덕 그 오솔길
천년 앉을 바위는 행·불행 아는가
애타는 마음 다독이며 반백년 함께한 이를
한 자리 내어주고 편안한 척 그 또한 무심일세.

- 치매 할망 보살피며 온 힘 다하는 착한 영감 지켜보며

사무치는 그리움을

한 움큼 쥔 손안에
잡아 쥐었단 성취감에 들떠
손가락 사이 줄줄이 새어
빠져나간 줄 모르고
행복해했던 어리석음

화들짝 편 손바닥 위로
내려앉은 공허
공수래공수거란 가르침
이쯤 설법으로 다가오고
설레던 가슴에 비가 내린다.

그런데
그런데도
빈 손바닥 위에 남아 있는
이것
이 미련에
미어지는 가슴은 어찌할까

버릴 수도 잊을 수도 없는
인연 때문에
사무치는 그리움을.

자성의 시간

단 한 번도
칭찬의 만족을 얻어 보지 못했단
모자람에
늘 채워지지 않던 허기를
밖에서만 채우려 했었지

믿음과 기다림 스스로 안 키우고
욕망이란 오기 하나로
만족을 얻으려 낭비한 시간

문득 돌아다본 삶은
허무만 목마르게 좇다
낙서로 어질러진 화폭에 남은
서러운 낭비의 빛깔이어라

시작부터 나갈 길 두드려 봐야 했는데
겨우 한두 걸음 건넌 후
세상 모두 거쳤다 착각한 삶
지금 분간키 어려운 착오의 무게로
감당 안 되는 자책에 빠져 있어

이제는 내게
무엇이 남아 있는가
무엇을 가져 보기는 했나 보라는
가슴 아픈 일깨움
시린 비난으로 받아들이고 있다.

안부

바람만 인 듯해도
그대 기척인가
가슴 콩닥인다 전했니

쫑긋대는 작은 새 소리에도
그리움 견디기 힘들어
머리 젖혀 하늘만 본다 알렸니

하릴없이 지는 해
서산머리 저리로 걸리면
널 그린 하루도 덧없이 지더라 말했니

가기만 하고
돌아오지는 않는 속삭임을
저리도록 그리움으로만 품고 있다 해줬니

그저
편타는 한마디 기별 주기
뭐 그리 어려워서…

엽서

벚꽃 흐드러지게 핀
강변길 그림
여백에
봄볕 닮은 눈 익은 손글씨

"그립다"
"사랑한다"
말 없어도 가슴 가득
전해오는 따스함

그래, 보고 싶어
이토록 그리움 넘치는데
꼭 만나야지
행복할 봄을 위해 서두르자

감은 두 눈에 화안이 흩날려 나부끼는
벚꽃 잎들의 비산飛散

손안
풍경엔 그리움 한가득

게으름으로 하여

모든 것 비울
늦은 나이에 입문한
그림 공부의 구실은
힘 다해 살아온 삶의 애환을 가꾸어
추억으로 담고 싶은 미련에서였어

삶의 적응에 힘들었던 시작으로부터
마음 안 심연에 정착해 자리 잡기까지
자아를 키워온 또 하나의 실체를 찾고자
시작한 구도의 길이었는데
강산 두 번 바뀐 세월에도
자화상 하나 맨살로 내놓지 못한 알량함

짧지 않은 세월을 안일에 젖어
재능을 헛구걸한 회한에 빠진 지금
주눅 들어 초라한 미완성 누드화 앞에
아직도 못 갖춘 정체성에 스스로
부끄러워 움츠리고 섰다

곡우穀雨의 농심

언제쯤
꽃 천지 되어 봄 올까 싶더니
절기 맞추느라
참으로 곱게도
내리는 비

긴 가뭄에 애태우느라
피는 꽃도 몰라라 하던 농심
올 농사 풍년 조짐이라
턱없는 반색이다

목말라하던 마른 가지마다
새순 돋우고
잎눈 틔우고
마른 잎 밑에 숨어 숨만 고르던
새싹들 기지개 한 번으로
대지에 힘이 붙었다

기왕에 시작했으니
농심도 활짝 피도록
봇도랑에 넘치게 한 번 내려주렴

정말 사랑했는데

단 한 번도 아니라 않고
언제나 쿵쿵 울리는 가슴
옷깃 여며 감추며
혼자 애달피 사모했는데

마음대로 할 수 없는 인연
세월의 어긋남을 어찌 막을까
비껴선 채 숨 막히게
엇갈려 가는 사연인 걸

정말 기다렸는데
긴 날 해바라기 했는데
남은 건 잿빛 허무인 걸
어찌했으면 좋았을까

사랑이란 것
사랑한다는 건
갖고 싶어도 주어야 얻어지고
주고 싶어도 받아야 이루는 교감인 걸

주고파
받고파
정말 가슴 태워 사랑했는데

그저 그래

힘들었으면서도
살아낸 삶
어떠했냐면
그저 그래

열심히 살았으면서도
궁금해하면
남과 같았던 양
그저 그래

그런 게 아닌 삶이었는데도
마음 주며 걱정해 주면
눈웃음 한가득
그저 그래

용케 잘 살았다 해주면
새삼스레 수줍음 머금고
손사래 한 번 하며
그저 그래

그래 그렇게
그런 마음 간직하고
그렇게 그렇게만
오순도순 살아내자.

너는

진심 다해 다가서며
환한 얼굴 마주해
같이했던 너
서로의 가슴에 행복 심고
평온함 나누던 시간들

만남의 보람
함께한 기쁨, 서로는
둘이 아닌 오직
하나였기에

돌아서면 바로
기다려지고
그리움은
사랑이란 이름으로 늘 목말라했다

긴 세월 이쯤 흘러
먼 피안의 거리로 물러선
지금, 너는
그리움으로만 존재하는 추억뿐인 것인가.

회귀回歸의 여로

긴 세월 앞만 보며
힘 다해 달리다가
문득 숨차 멈춰선 자리,
이곳은 어디쯤일까

잠시 숨 고르려 멈춘 순간
문득 돌아보니 시작도 끝도
돌아갈 길도 가늠 못할 기막힌
공황의 시간에 갇힌 무력감

금의환향 이룰
환희 벼르며 내달린 삶의 노정은
매순간의 성급함이 일 낸 일탈로
성취의식은 망각의 늪 아래로 사라지고

가슴에 담았던 세월과 함께
삶이 그려왔던 항로의 망실로
일순에 놓쳐버린
회귀의 여로

기원

언제부터인가
나만을 위해 살아온 나날이
잘한 것 없었다는 걸
생각하기 시작했어

부끄럽지만
너무 늦은 이 깨달음은
많은 것을 잃고서야
얻은 것이었지

신만이, 하늘만이
내게 행운을 챙겨 줄
기원의 대상이라 단순히
생각하며 살아왔어

하지만 삶의 온갖 시련 겪고 나서
비로소 얻은 깨달음은
모두의 축복 속에 내 행복 있으니
먼저 모두의 행복을 기원함이었어.

무위無爲

오랜 일터에서 막 물러난
노장은
의욕을 배제당한 망연함 가득
팽개쳐졌단 의식에
의지할 곳 몰라
회한 가득 저문 강안江岸을 망연히 돌아보고 섰는
나룻배 위의 늙은 사공이 되었다

화려하지도 환희롭지도 못했던 이력으로
겹친 시련과 아픔 속에서도
일말의 정점은 늘 기대 앞에 자리해 있었지만
한 세월 살아낸 후의 이 시점은
엎어지고 깨지면서 어기차게 살아내려 몸부림 친 끝의
한 마리 초라한 늙은 파랑새의 초상이었다

무엇이 되어 있어야 할 자리
무엇인가를 이루었어야 할 이 시한의 끝
자조自嘲 가득 자리한 자의식에 강요된 휴식일 뿐
어디로 향해 봐도 길이 막혀
급기야 캄캄해질 저문 포구에 내쳐진
길 잃은 나룻배 위의 늙은 사공이 되었다

꿈에 대한 어리석은 기대

낭만이란 어휘에 집착해 호사스런 삶을 갈망하며
안일한 일상을 원해 변질된 신의로 색칠한
신기루 사이를
욕망으로 포장한 발돋움하며 확신 없는
시공時空을 날아오르려던
마음 여린 갈매기가 되어 있었다. 길고 긴 세월을…

허황된 바람期待에 집착해 마음 놓아버리지 못하고
일곱 빛깔 무지개가 어린 줄 착시한
부정의 자리 사이 저쪽,
찰나를 겨냥하며 날 세운 눈매로 미지를 동경했었다

어느 날 문득 신기루였을 거란 불신이 뭉클 솟아오르며
화려하리라 믿었던 시공은 잿빛 차일遮日로 가려져
동공을 엄습하는 음울이 내 여든 겹
고독 안에 스며들고…
스스로 미망을 버리지 못한 자괴의 어지러움 일었다.

지금은 다만 혼미의 늪 앞에서 생의 여분을 의식하며
"열망에 대한 기대를 버릴 수는 없었노라"
말하고 싶다. 아직도 채 못 이룬 삶의 충만을 향한
꿈이란 이름의 미욱한 한 삶 아래 헤매면서.

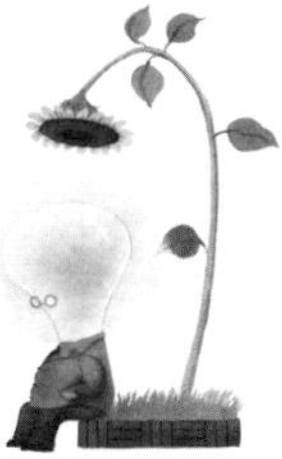

변한 게 없더이다

- 50주년 동창회

흰머리 생긴 그대로
흐른 세월 흘러 파여 골진 이마에
장난꾸러기 같은 얼굴의 반점들
그래도
얼굴 가득 환한 미소는 변한 게 없더이다

반갑게 마주 잡은 손들
물기 빠져 솟은 힘줄 사이로 묻어나는 정
드러내 웃어 보이는 시든 잇몸
그래도
반짝이는 눈빛은 변한 게 없더이다

곱게 굽어 가는 등허리
조심스레 걷는 걸음새
뛰나 걸으나 그게 그건데
그래도
포옹의 따뜻함은 변한 게 없더이다

웃고 떠들며 쉴 새 없이 쏟아내는 정담
몰랐던 안부 나누며 눈가에 맺히는 이슬

긴 세월 흐른 오늘 다시 보니
정말이지 천방지축 철부지로
나누던 우정 하나도 변한 게 없더이다.

시작부터 빈 삶이었으니

언지 못해 몸부림이었던 때의 서러움
누리지 못해 억울해했던 날들의 슬픔
잃는 게 너무 많아 아쉬웠던 아픔
잃고도 위로받지 못했던 억울함
가난해도 초연한 체해야 했던 울분
그렇게 쓰라린 마음 안고
하염없이 살아온 한이 전부인 삶

슬퍼서 서러워서
학 모가지 되어 하늘 향해 울음 되씹던
스쳐간 길고 긴 날들 돌아보니
거두어들일 것 없는 빈 세월이었어

늦은 깨우침인가
시작부터 비었던 자리를
만족이란 허구로 채우려다 겪은 상처였으니
이젠 허기졌던 삶을 여유로 치유하고
잃을 것 없는 무욕을 담아 위안을 얻고 싶다.

제4부 그리워지면

가슴의 크기가 모자라도록
넘치는 그리움 차오르면
산에 올라
산 그리매 사이로 마음 담아 숨긴다

이러면 좋으리

오는 봄을 위해
조금은 꽃샘바람이 파고들어도 좋으리
미운 샘이 아닌 아쉬움일 테니

머물까
이대로 떠날까
싫다 좋다 망설임하며
딱 손 놓을 수 없는
그 때 생기는 아쉬움

오는 정
밉거나 곱거나가 아닌
가는 정 무거울수록
서운함은 더욱 커짐일 거야

봄에 이는 바람은
마른 억새 하얀 고갯짓 힘겹더라도
옷깃에 파고드는 한기가 다소 맵더라도
가는 세월 담아둘 수 있을 만큼만
마음 흔드는 설렘 주고 떠난다면 참 좋으리.

새해 아침에

살아낸 세월 씨불 삼아
열정
태워 올린 삶의 자리는
희로애락 켜켜이 딱지 앉은 자화상이다

세세연년
셀 수 없을 만큼 거듭해온
삶의 매듭 오늘 다시 하나 더 지으며
그때마다 새로운 꿈을 엮었던 숱한 날들의
회생이 오늘 다시 감회롭다

지난 날수數로는 까마득하나
세월 격隔 없음인가
어떻게 시공을 헤쳐 여기에 이르렀는지
손에 잡을 것 가슴에 담을 것 거의 없어
온통 휘저어 봐도 비어 허공만 잡힌 적 많다

아직은 채워갈 여생이 남아 있어
새로운 날로 삶 앞에 다가와 주고 있다
삶 보듬어 꿈을 짓고

짐짓 새롭게 솟구치라 부추기며
거침없는 손짓으로 일깨우고 있다

다시 시작하자
다시 일어나자
힘내어 희망이란 말 품어 보란다
늦었다 말하지 말고 행복을 가늠해 보란다

의미 있는 새날을 맞자 하며….

길을 묻다

걷다가
문득
어디로 가고 있느냐 묻는다

지금껏
스쳐 만난 이들
얼굴 하나 제대로 알아두지 못한 채
그저 정신없이 걷다가
퍼뜩 고개 들어 잠시 둘러보니
누군가와도 함께 못한

길 아닌 길
외로운 길을 걷고 있다

어디를 향해
언제까지
이렇게 가야 하는 것일까

사랑은

기별 없어도
마음에 담았으면
침묵은 아니다

바라보지 않고서도
그리움 놓지 않으면
남이 아니다

그리고
그리고
서로 찾지 못했어도
늘 품어 안고만 있으면
사랑은 가슴 가득 둥지를 튼다.

같은 길을 걷고 있는 우리는

홀로 또는
따로 해
존재 의미가 크지 않은 자리에서의
하나는
유무의 차이는 의미가 없어 보인다

서로가 다른
각자의 흩어진 자리로부터
하나로 모아지는 그 시각
함께 시작한 우리, 우리는
그 순간부터
의미라 부르는 우주宇宙에 새롭게 태어난다

하나의 인연으로 맺어져
서로를 정의하며 올라야 할 자리에 서고자
한결같이
같은 길 선택한 우리는

우연히 만나
필연으로 한 속屬 되어
삶의 공간에서 서로가

한 줄기 빛이고자 안간힘하고 있다

나는 작지만
우리는 크기를 예측할 수 없는 여력을 품고
서로를 긍정으로 해바라기하며

새롭고 아름다운 세계를 향해
서로를 부추기며 도약을 꿈꾸고 있음을
가슴으로 알아가고 있다

앞서가는 이 보듬음 있어
뒤따르는 이 일어서고
함께 아우르는 아름다운 마음 커져
새로운 미래가 소망스레 펼쳐질 것이기에.

그래,
모두 하나일 수 있어
같은 길을 향해 가고 있는
우리는….

맞아, 친구니까

그래-
믿음이었지
우정이었고
사랑이었지
늘 그렇게 함께였어

세월이 이만큼 흐른 뒤엔
아름다운 추억이 쌓였지

흰머리 듬성한 빈자리
채우려 내려앉는
외로움도 이제는 나눌 줄 알지

그렇게
그렇게 힘들게
헤어지고 나면 바로 그리워지지

맞아, 우리는 친구니까

살맛

적적한 아파트의
고독을 달래러
찾아준 무던한 사람

튀김 닭 한 상자
막걸리 한 병
무엇이 더 필요할까

시끄러운 세상사
버릴 수도 없지만
그저 잊으라며 건네는 한 잔

허허로운 빈 마음속에
따뜻한 정 주거니 받거니
채울 온기만 있으면 그게 살맛이야

바꾸자

외로워지면
누굴 그리워하니

괴로울 땐
무엇을 생각하니

그러다
기쁨을 얻었다면
누구와 함께하길 원하니

그리고
행복하다 여겨진다면
무엇을 생각해야 할까

외로움도
괴로움도
슬픔과 함께 담아
던져 버리고

지금 바로
기쁨이랑 행복이랑
모두 가졌다 치고
무얼 하면 좋을까
마음 바꾸어 품어 보자

힘듦은 시간의 흐름에 맡기고….

관계

끈적끈적한 붙임으로
세상사 엮었어도
그게 다 구실은 아니야

무던한 얼굴로 서로를 알아주며
그렇게 쌓은 세월이 훨씬 값지지
맨날 얼굴 붉히며 가슴 쳤어도
돌아서면 다시 돌아볼 수 있어야 하지

그리움은 그렇게
기별 없이 찾아오는 법
손꼽아 기다릴 일 아니지
그냥 그렇게 속이 타 봐야 아는 거지

너와 나
무슨 까닭으로 엮였을까
생각하지 말고, 그저
맺어진 사연 소중하게 여겨야 하지

그리움인지
미움인지
사랑인지
그런 것쯤 느껴져야 할 때에야 느껴지는 앎.

애증

사랑과 증오는 동전의 양면 같은 것

그래 그 말이 맞는 말인가 보다
'건강하게 오래오래 사세요'
말 그대로 받아들일 수 없는 꼬인 마음이
언제부터 자리 잡게 되었나

세상에서 가장 가까워야 할 이에게
들은 이 말을
비아냥으로 들어야 하는 심사란

살자고 그냥 순수하게 살자고
그렇게 수없이 염원해 온 세월이 흘렀는데도
말 그대로 받아들일 수 없는 앙금 남은 오늘

순수로 풀어내고 정화로 걸러
작은 가슴으로나마 세상 받아들이며
그렇게 숙여 가며 살자 했는데
왜 그리 안 되는 삶에 붙잡혀 있을까

꼬인 소갈머리 탓일까
미욱한 고집 때문일까
평생 철없는 아이로 깨치지 못한 부족함
풀 길 없는 삶의 과제여라
업의 윤회여라

그리워지면

가슴의 크기가 모자라도록
넘치는 그리움 차오르면
산에 올라
산 그리매 사이로 마음 담아 숨긴다

그리움이 시름 되어
해일로 밀려오면
허위허위 숨차게 산에 올라
산자락에 던져 묻고 창공을 본다

아쉬움이 쥐어주는 상처도
주체 못할 아픈 외로움이기에
그리움으로 다시 안아
굉활宏闊한 산정 너머로 고이 날린다

그리 많은 그리움 쌓이고 쌓여
감당할 길 없어지면
언제나 기다려 주는 산에 올라
맺힌 응어리 빠져나가라 산정에 비빈다.

할애割愛

이제 더는 힘들어하지 마
이제 더는 망설이지 마
이제 더는 방황하지 마
같이 함께하는 시간이
위안의 시간 되도록 애쓸 거야
아니 꼭 그렇게 돼야 돼

맘껏 기대라
힘껏 용기 내어 기대라
그리고 스스럼없이 투정도 부려 보렴

할 수 있는 건 다해 받은 사랑
하나씩 보듬어 갚아 줄게

사랑, 참사랑아!

이제부턴 네 삶을 헤집지 않고
조용, 조용히
가만가만 다가가 줄게.

꿈

늦은 시간까지 뒤척이다
잠든 새벽 포근히 다가온 너
생생한 이야기
건넨 찻잔 가득 훙건히 남겼어

오늘 하루 네 생각에
환상 속을 헤매면서
네 이름만 허공 향해 불러 대고 있다.
대답도 들을 수 없는데…

그리도 선명한 모습을
그리도 편안한 행복을
왜 가져 볼 수 없을까
이 적막한 시간에는

삶에 묻혀 겨를이 없는 널
가망 없이 기다리는 난
분명 철없는 소년인 거야

건네준 예쁜 사진 앞에 놓고
들어줄 수도 없는 내 이야기만
안타깝게 혼자 주절대고 있다.

선善이 믿음으로 이어지는 세상을

희로애락에 휘둘려 정신없어도 이 모두의 안에
참아 낼 일 또한 함께하는 것을
오해 질시 투기 저주의 시간 안에
사랑 또한 함께하는 시간 흐르고 있는 것을
이 모두 겨자씨만도 못한 크기로 시작했지만
행불행 모두 마음 안에 자라며 공존하는 것을…

참된 삶에 대한 번뇌와 고행은
선각자의 몫만은 아니란 걸
진실 하나로 살아야 한다는 걸 모르는 이는 없는데
한 점 시작이 참과 거짓으로 갈라져 나가면서
진실 위선 기만 모함으로 각기 사이 넓혀 터를 잡고
이들 서로가 휩싸여 혼돈의 늪 이루는
악순환이 되는 걸

한 발 비워주고 한 번 믿어 주고
서로 사랑하며 살아가면 될 것을
알량한 자존심 지키려 서로를 물고 뜯어 상처 주며
똑똑한 척 잘난 척 서로 한을 만들어 가고 있다

비위 감추려 손바닥으로 하늘 가리는 못남
눈귀는 덮고 먹이에만 침 흘리는 어리석음
염치 잃어 제 꼬리 잘라먹는 허욕
먼저 물어뜯는 게 제일이라 생각하는 만용

진정 선은 어디에 숨어 엎드려만 있는가
진심 우선한 선으로 믿음 넘치는 세상 열리어
위선 기만 모함이 사라지라 갈구한다
진심으로 베풀고 사랑으로 믿어줄 세상을….

아픈 사랑

그리도 목마르게
기다렸으면서
정겨운 포옹은커녕
따뜻하게 손 한 번 잡아주지 못하고
어두운 먼 밤길
홀로 발길 돌리게 해놓고서

혼자 남아 애만 태우며
무사히 잘 가 달라고
속으로만 빌었다

떨어졌다 만나서 나누는 사랑의 비애
진심은 감추어 둔 채
가슴만 저려 오고
가식의 대화밖에는 할 수 없었던
짧은 만남

돌아가며 얼마나 섭섭했을까
그리고 바보 같은 내 사랑을
얼마나 미워하며
갈증에 속살 태웠을까

바람처럼 다가온 사랑
왜 마음껏 품어줄 수 없었을까
보내 놓고 가슴 저미는 아픔.

마음 받아 줄 이 있어

그리움을 받아 줄 이가 있다는 믿음
사랑하면 포용해 줄 이가 있다는 기쁨
언제나 원하면 서로 마주해
뜨거운 포옹을 나눌 수 있다는 느낌으로

오늘은 너무 행복합니다.

이 행운은 꿈이 아니랍니다.
이 행운은 생각만이 아니랍니다
언제나 이해하고 함께해 줄 이의 영혼이
가슴 한가득 차 있어

끊임없이 흘러넘치는 옹달샘 물처럼
온화하고
정겹고
정결하게
영혼을 채워 주고 있습니다.

이 모든 것을 받아 줄 이가
곁을 꿈처럼 지켜 주고 있다는 것, 지금
무엇을 생각하고 있어야 하나요
그리고 무엇을 준비해야 하나요

너무너무 벅차
아무것도 할 수 없어
그저
마음 받아줄 이가 있다는 것에만
매달려 있습니다.

동행의 변辯

우리가 함께해야 할 이유는
긴 세월 한시도 잊지 않고 기다린
한결같은 믿음이 있기 때문이지만
지난날 네 조그만 가슴 적시며
내어 준 순정한 사랑이 있었기 때문이다

그 어떤 것도 바라지 않는
무한한 사랑 기울여
아낌없이 모두 내주었기에
그로 하여 오늘을 감사하는 마음이
서로의 영혼에 기대는 믿음으로
끊임없이 샘솟기 때문이다

우리가 함께해야 할 이유는
생애를 통해
너를 넘어설 그 어떤
그리움의 대상도 있을 수 없음에서다

그럼에도 네가
곁을 한시도 비움 없이
자리하지 못한 아픔으로 하여
슬프게 하고 있기에
이젠 날 네게 보내려 한다

제5부 여울 소리

달빛 한 움큼 별빛 한 움큼
움켜 담아도 움켜 담아도
눈부심은 가시지 않는다
시간을 잊고 부서져 반짝이며 흐르는 달빛

입춘사立春詞

남녘 양지엔
어느새
겨울바람 밀어낸
춘당매春堂梅* 웃음 화사하고
흰 눈 속 숨죽였던 잎들
사이를 깜짝 비집고 내민
동백꽃 요염한 핏빛 미소 설렌다

아직은 날 선 칼바람 그 틈새에
언뜻 남풍 섞여 왔나 싶은데
눈꼬리 새침하던 햇살도
조금은 누그러진 듯
마음먹고 겨우내 앓던 몸살
돌려세우려는가 보다.

*춘당매春堂梅 : 전라도 남단에서 자라나서 제일 먼저
피어나 봄을 알려준다는 매화.

두 번 피는 동백

엄동설한 버티며
부풀린 봉오리마다
잔설 밀어낸
환희 가득한 꽃피움
저리도 선혈로 붉더니

송이마다 품은 혼 거두어
모가지째 이룬 낙화
순교로 기다리는 봄
그 고결함이 가상하다

핏빛 살라 제물로 던져진 시신
떨어진 자리에 다시 살아 피어난
붉은 열정 채운 꽃송이

다가오던 봄이
비장한 마중에
울컥 눈부셔 한다.

봄비

동백 곱게 피었다 스러진
꽃자리 언저리에, 바로
개나리, 목련이 다녀가고
이어 진달래, 철쭉
한창인데
오늘은
새벽부터 잔잔한 어루만짐으로
살며시
손길 내주는 보드라운 봄 이야기로
꽃잎마다 송골송골 영롱한 구슬 맺혔네

순백의 화사함에
눈부시게 샛노란 속삭임과
연분홍 미소 자랑하던 꽃들까지
꼬리를 이어 곱게 피었다 지고 있는
꿈인 듯 싶던 그 자리에
오늘은 물오른 새 가지의 연둣빛 잎눈들
어서 싹틔움 하라고
보드라운 손길로 촉촉이 적시며
일일이 쓰다듬고 있다.

백로白露 일기

찜통더위
타는 햇볕에
숨 막히던 날 바로 어제까지였는데

어라
백로가
등에 밴 땀 식혀 주려
어느새 우리 곁에 와 있네.

이제
조금만 기다리면
줄지어
기러기 떼 날아오기 시작할 거라지…

드물게 찾아왔던 제비들
강남행 차비에 파란 하늘 가르며
바삐 날다 떠날 거라지…

식어 가는 날씨 따라
겨울 양식 저장에 마음 급해진 뭇 새들
날갯짓 불이 날 거라지

하지만
급한 날씨 변덕을 놀라만 하진 말아야겠지

하루가 다르게
아침저녁 뒷목부터 서늘해지긴 하겠지만
무겁게 흔드는 황금 들판의 벼 모가지에 실려
풍요가 정갈하게 찾아와 눈웃음치기 시작했으니

하얀 이슬 맺힌 논밭두렁 술렁술렁
잠방이 가랑이 적시며 베어 담은 지게 꼴짐
어기차게 져 나르던 그 시절 생각 아련하다

저 눈발은

참을 수 없는 가벼움으로
시간 위에 떠 올려져
무정 무한의 산발散發로
까불리고 있는 춤사위
분분한 날림

세상사 모두 모아
온갖 추억들 한자리에
날며 돌며 서로를 부채질로 벌이는
무아경의 춤판이다

후욱- 후욱- 스치는
차가운 바람결에 고운 눈 흘기며
교태에 담아 뿜어내는 눈짓들,
날아오르며 너울대는 언어들

한정 없는 무궤도의 자유로
시공 초월해 날아오르며 얻는
저 자유로운 혼절

수천 장
수만 장 꽃잎들의 산란散亂보다도
조화로운 자유다

여울 소리

달빛 부서져
물결 위에 춤추는 소리
두 손바닥 가득 담아 듣는다

사방팔방 튀어 오르는 소리
돌돌돌 미끄러져 흐르는 소리
해맑은 소리 흘러 어둠 속으로 숨는다

달빛 한 움큼
별빛 한 움큼

움켜 담아도
움켜 담아도
눈부심은 가시지 않는다

시간을 잊고
부서져 반짝이며 흐르는
달빛
별빛 닮은

소리.

사월

한 움큼 쑥 향기에 취하여
눈부신 신록에
마음 빼앗겼다

돌돌돌
계곡 물소리 좇는
어린 다람쥐들
물오르기 시작한 나무 타기 바쁘고
진달래 피었다 진 자리에
철쭉도 이미 한참 지나가고 있다

수루룩수루룩
귀에 선 산새 울음 사이로
눈부시게 찬란한 햇살 줄기
어지러이 시간 흩뿌리며
달음박질로 지나가고 있다.

기우 祈雨

함양 땅 깊은 계곡
우러른 축대 위 용추사 울 너머
절벽 속살 가르며
쏟아져 내리는 폭포수
두 손 한가득 담아 받쳐 올린
하늘 향한 해갈의 발원이다

긴 봄 지나 여름 턱까지
타는 가뭄 애달아
소나기 한바탕 내려 줍시사
초연한 폭포 소리 향한 애원이다

어수선한 세상사만큼 상한 민심
무한의 자비 담은 부처님의 염력으로
비틀어져 꼬인 초목부터
사바세계 구석구석 축여 달라 기원이다

쏟아지는 물소리는 시원한데
더욱 타는 목마름
법당의 독경 소리 폭포수에 담아
중생의 애태움을 적셔 달라 갈망이다.

- 경남 함양 용추사 용추폭포에서

웃음인 게야

인적 드문 작은 마을
잠자던 산새 소스라치게 깨운
울음, 아기 울음소리
적막강산이
일시에 연둣빛 색을 입는다.

봄날
봄꽃 피어나듯
고샅으로 번지며 차오르는 생기
잊었던 세월 뛰어넘어
힘겹게 다시 돌아온
웃음인 게야

"이제야 사람 사는 마을 되었네."
"오랜만의 경사로세."
경로당 인적 그리운 어르신들
울컥하며 한마디씩 던지는 덕담.

장맛비 지난 자리

장맛비에
망가져 생살 내보인 산자락
오솔길 기슭 난간 밑
아기 손톱만 한 샛노란 풀꽃 하나
산사태에 뿌리까지 드러난 채 매달려 피어
애처롭기 그지없다

하천이 터져 나가고
농경지가 흙탕에 망가지고
비닐하우스가 주저앉은 생지옥인데
무너진 오솔길 한 끝 실뿌리에 매달려
살아남아 핀 풀꽃 하나, 그 삶은 무엇인가
생명의 끈 놓지 않는 어기찬 지혜로
회생回生의 의지 배우라 이름인가

순리 적응 자주 잊는 인재로
번번이 자연의 호된 질책 당하는 인간사가
아기 손톱보다 작은 풀꽃의 애씀보다
작아 보여 가슴 아프다.

폭우가 앗아간 장마의 추억

단정히 묶어 세운 삭정이 울타리 안 한켠
맨드라미가 줄 서 에워싼 돌 축대 위 장독대가
눈부신 햇볕에 윤나게 달구어진 고향집 마당에
소나기 한바탕
후련하게 적셔 주던 고마운 장마철 소나기
마당 복판 난데없이 꾸물대는 미꾸라지에 놀라고
처마 밑 낙숫물, 줄로 파인 자리 세며
곱게 뜬 무지개 바라보던 소년시절
아련하건만

이 시각 아파트 창 아래 어지럽게
퍼붓는 세찬 빗줄기들 튀어 오르며
번들거리는 아스팔트 광장
주차장에 그려진 새하얀 구획선을 지울 듯
퍼붓는 장대비가 기어이 물길 박차고 넘쳐나
모든 것을 송두리째 삼키려 든다
엇나가는 인간사에 하늘이 내린 미움인가
오만과 방심이 자초한 인재로
배려와 나눔을 잊은 세상에 내리는 벌인가
아픔, 너무 크고 두렵다

고향 집 마당 장독대의 열기 후련히 식힌
장맛비 끝에 보여 주던 그 곱던 무지개와
처마 밑 줄 선 낙숫물 자리 그 추억이 그립다.

어정칠월이 가고 있어

입만 열면 몇십 년 만의 재앙이란다
일어나고 있는 이런저런 어려운 일들이
어찌 이렇게 모두 기록적인가

참으로 감당 안 되는
서민의 일
나라의 일
자연의 재해까지
어느 것 하나 쉽지 않은 어려움 가운데로
숨 가삐 모두는 내몰리기만 한다

이제는 모두
마음 한 번 정말로 한데 모아
무슨 일이든 해 봐야 할 때인데
네 탓 내 탓 하다가
울 너머 호시탐탐 맘 안 드는 자들에게
멱살 잡힐 일 좀 거두면 안 될까

타들어 가는 민초들의 가슴
시원히 뚫어 줄 좋은 일 좀
만들어지면 얼마나 좋을까, 정유년
어정칠월이 구렁이 되어 슬그머니 담 넘어가네.

고추잠자리

폭풍
뇌성벽력에 놀라
넘어진 옥수수 밭 날아돌며
애타는 농심 헤아리다
뒤늦은 불볕에 온몸 익어
습한 열기에 숨 막히는 들판을
빨갛게 물들이며 애처롭다 맴도나

높푸른 하늘
황금 비단결 들판 보며
굵은 땀방울 송골송골
풍요 얻은 농부의 환할 얼굴
못 이룬 한숨 안쓰러워서일까
저리도 붉게 물든 몸통에
나래짓도 힘들다.

자리돔

어린아이
손바닥만 한,
겨우 그만한 크기로
절절한 어부들의 삶에
소박한 보람이 되어
아주 작은 삶의 터전을
뜰 수 없는 일상으로
잡아 앉힌

보목항의 보물.

사라진 꽃들은

열린 창문 한가득
파아란 봄빛 눈부신
빈 하늘이 외롭다

해마다 이맘때
이 창 너머 정겨운 동산에는
어머니의 젖살 닮은 목련화
샛노란 개나리, 시새우는 연분홍 진달래에
불붙는 영산홍 차례로 피어나
숱한 이야기 만들며 다가왔는데

미처 못 알아챈 짧은 시간
캐어지고 베어지고 파헤쳐져
속옷 찢긴 나무의 흉한 모습으로
폐허가 된 빈터엔
썩어 나뒹구는 시신 같은 그루터기들

그때 그 많던 꽃의 정령들이
지금은 어느 곳에 모여
지난날
이 호사했던 봄 동산을 그리워하고 있을까.

아름다운 날의 꽃 잔치는 끝나고
빈터에는
칙칙한 개발의 궤적들만 어지럽다.

철 놓아버린 겨울비

사계의 기상 질서가 무너진 건
인간의 무모한 욕심이 자연의 이치를 버려
동서남북 못 가려 얻은 하늘의 노여움 때문일까
순서를 뒤섞고 있는 시간의 치매 때문일까
예측 불허의 날씨가 겨우내 농심을 울리고 있다.
하루거리로 변덕을 부리는 눈, 한파에 겹쳐
이번엔 웬 궂은비로 날벼락일까.

허기지게 쌓인 눈을 추적추적 내려 적시는
철 놓아버린 겨울비 무게를 못 이겨
새벽 맑은 냉기 위로 동트며 솟아오르는 햇살 받아
눈부시게 반짝이던 비닐하우스가 모두 주저앉아
보기만 해도 배부르던 청정작물들이
모두 얼어 생명을 빼앗겼다
덩달아 주저앉은 농심은 어찌해야 좋을까.

이런 잦은 이변이 기막히게도
인간 문명의 부산물로 버려진 것들로
썩어가는 지구 진통의 발열로 이루어지는 재앙이라니
우리가 잘 살아가고 있는 것인지 죽어가고 있는 것인지
내일의 삶을 말할 수가 없다.

계사년 칠석은

한중막 날씨의 횡포 때문일까
이맘때 지천으로 날던
잠자리조차 드문드문하다

어인 일일까
수확 끝난 빈 옥수수 밭 대궁 위로
떼 지어 춤추어야 할 그들도
극심한 더위에 지쳐
요란한 먹구름 마른장마에 몸을 사리는가 보다

까막까치들도
이 참기 힘든 더위 어찌 견디며
오늘 밤 견우직녀 해후할
오작교는 놓아 줄 수 있을까.

정광지 제4시집

사무치는 그리움을

초판 인쇄 2017년 11월 7일
초판 발행 2017년 11월 17일

지은이 정광지
펴낸이 朴明淳
펴낸곳 문학시티

주 소 100-015 서울시 중구 창경궁로 1가 29 (3F)
전 화 02-2272-2549
이메일 munhakmedia@hanmail.net
공급처 정은출판(02-2272-9280)

ISBN 978-89-91733-47-3 (03810)
값 10,000원

* 이 책은 충청북도, 충북문화재단의 후원으로 발간되었습니다.